PLACE A DIEU !

REFLETS HISTORIQUES,

PAR UN HOMME DES CHAMPS.

Pour les pauvres , toujours , toujours !
Semez, votre cœur et vos jours
Brilleront sous une couronne !!
Donnez pour recevoir un peu ;
Les pauvres sont aimés de Dieu ,
Et le bonheur !... Dieu seul le donne !!

Moulins,

IMPRIMERIE DE P.-A. DESROSIERS.

1850.

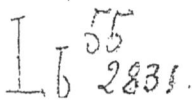

PLACE A DIEU !

REFLETS HISTORIQUES,

PAR UN HOMME DES CHAMPS.

Pour les pauvres , toujours , toujours !
Semez, votre cœur et vos jours
Brilleront sous une couronne !!
Donnez pour recevoir un peu ;
Les pauvres sont aimés de Dieu ,
Et le bonheur !... Dieu seul le donne !!

Moulins ,

IMPRIMERIE DE P.-A. DESROSIERS.

1850.

EXCUSE.

Au Rédacteur de l'Écho de l'Allier.

Monsieur,

Vous avez annoncé une loterie pour les pauvres ; j'envoie mon lot.

Dix centimes !! *Deux sous*, c'est si peu !... que l'on consentira peut-être à oublier la valeur réelle de l'œuvre, pour se donner une bonne pensée.

Un Homme des Champs.

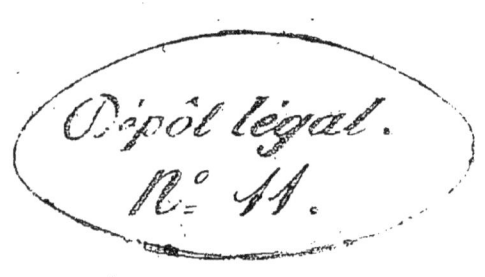
— O Adam! souviens-toi que régner,
c'est obéir à Dieu.

GENÈSE.

Les uns proclament place au droit! d'autres
répondent place au peuple! Si quelqu'un disait:
place à Dieu?

France! puisque tes célèbres publicistes se
taisent, puisque tes admirables orateurs restent
muets, puisque tes légitimes renommées n'ont
pas osé prendre cette glorieuse initiative; permets

à un de tes fils le plus obscur, et non le moins dévoué, d'invoquer à tes yeux l'authenticité de ton histoire : permets-lui la confession publique du bon sens et de la foi.

L'expérience se trompe; l'invention se perfectionne; les profondeurs de l'esprit, les découvertes de la science éblouissent et se nivèlent; la *logique*, qui est le bon sens ; la *vérité*, qui est la foi, restent immuables !

I.

Le *droit* précède la *loi* qui le détermine, comme la justice précède le décret formulé du magistrat qui l'exécute; mais l'*autorité* les devance et les domine.

L'autorité, le droit, la loi, naquirent réciproquement sous la divine parole, avec la puissance, la *jouissance* confiées à l'homme; avec les *devoirs* imposés à l'homme; avec la *défense* expresse faite à l'homme, de toucher aux fruits de l'arbre de la mort.

Adam et Ève commencent l'humanité; la *famille*, la *propriété* existent; le *bien* est connu; le *mal* ne se produira que par un consentement volontaire, et notre plus magnifique privilége s'appelle déjà la *liberté*.

Bientôt, l'orgueil qui avàit détrôné l'ange, corrompt la femme; le péché entre dans le monde.

Avec lui, les innocentes délices de l'Éden cessent; le *travail*, la *douleur* deviennent les cruelles nécessités de la vie et la plus funeste des passions, l'implacable jalousie se souille du premier meurtre.

Mais au milieu des lamentations désespérées des exilés du Paradis terrestre ; parmi les clameurs féroces de Caïn tuant son *frère :* entendez les éclatantes promesses du Seigneur qui traversent les siècles ! Écoutez les échos de Nazareth qui se murmurent des vertus ineffables ! Regardez les sommets du Golgotha qui s'illuminent à l'ombre d'une croix !!

Les grandes eaux du déluge mugissent pour engloutir les crimes ; les eaux paisibles du Jourdain roulent à pleins bords, pour la régénération dans le baptême.

Le châtiment mérité inspire quelquefois le repentir ; mais après l'holocauste, arrive souvent l'ingratitude.

Ainsi, les enfants de Noé ont oublié le signe de l'éternelle alliance ; ils veulent rendre désormais toute expiation impuissante ; Babel s'élève dans sa vanité colossale ! Aussitôt l'idiôme des langues varie, la couleur des peaux change ; le type de chaque race est créé, et les peuples différents se répandent dans l'univers.

2,247 années s'écoulent. L'esprit, le respect du foyer domestique s'éteignent ; la sagesse des patriarches s'émousse ; les adorations se multiplient ; le fort oppresse le faible.... L'*autorité*, le *droit*, la *loi* sont menacés de disparaître de la conscience et de la mémoire humaine.

Soudain! les jours annoncés par Moïse, et chantés par David, rayonnent! La révélation s'accomplit.... ; et, lorsque la *barbarie* se découvre entière, dans la consommation juridique du plus exécrable des forfaits, la *civilisation* enfantée par le martyre d'un Dieu, va reconquérir les descendants d'Adam.

Le Christianisme restitue à César ce qui appartient à César ; le Christianisme épure la *richesse* par l'amour et l'aumône; sanctifie le *travail*, la pauvreté, par la souffrance et les sueurs du Calvaire! Le Christianisme immortalise la mort avec le pardon de Jésus!... et l'arbre du démon étouffe, écrasé sous l'arbre de la croix.

Une femme avait perdu le monde ; une femme le sauve! Une famille avait trouvé grace devant la colère céleste ; une nation est préférée pour la semence évangélique ! Cette nation, ce fut toi, ô France bien-aimée! toi, notre belle patrie !!...

Et maintenant, déroulons les pages les plus reculées de tes annales; énumérons tes tâtonnements, tes chutes, tes vengeances, tes progrès, tes spoliations, tes triomphes, tes illusions, tes malheurs et tes crimes !..... Tu connaîtras, par ton propre sort, les destinées des autres pays du globe!....

II.

Les chefs naturels des familles, des tribus,
des peuples, furent d'abord des vieillards, des
patriarches, des prêtres ; les illustrations mili-
taires vinrent ensuite.

L'acclamation, le suffrage des masses ouvre,
et devait clore ce que j'intitulerai *l'action politique*, c'est-à-dire, les divers gouvernements
établis. Mais ne devançons point les évènements;
les dates marchent assez rapides.

Nous sommes en 420 de l'ère chrétienne.
Alors les Romains, les Bourguignons ou Bur-
gondes, les Visigoths, les Bretons ou Armo-
riques se partageaient les Gaules.

Pharamond élevé sur un pavois, et promené
trois fois autour du camp, sorte d'inauguration
pratiquée jusqu'aux Capétiens, est *acclamé* par
les Francs et les Sicambres, ses soldats victo-
rieux. *La loi salique* assure une nationalité, la
législation débute.

Les Druides se couronneront encore des

branches du chêne et du gui ; les *Bardes* prélu-
deront encore sur la *Rotte* leurs hymnes belli-
queuses et inspirées , mais les *Peulvan* et les
Dolmen ne recevront plus de victimes.

Le paganisme s'éloigne ; il disparaîtra avec la
domination de la conquête étrangère. Attila est
défait près de Châlons-sur-Marne, par Mérovée ;
la France inscrit son splendide nom dans les
fastes de l'histoire, et la première race dynas-
tique est fondée.

Vingt-trois ans plus tard , le Dieu de Clotilde
triomphe à Tolbiac; le baptême de Reims pré-
pare une génération nouvelle. Clovis a rendu
les Bourguignons , puis les Bretons ses tribu-
taires; il a choisi définitivement Paris pour la
capitale du royaume ; la Monarchie compte
véritablement un roi.

Le Clergé , secondé par le pouvoir, continue
son essor civilisateur et propage son instruction.
L'Hôtel-Dieu est bâti; *Sainte-Sophie* , l'abbaye de
Chelles, se construisent ; les *vitraux* se colorent,
les *cloches* sont fondues, le *ver à soie* est utilisé,
la monnaie se montre.

Mais le bon exemple doit toujours venir d en
haut ; la première excommunication frappe
Caribert pour avoir épousé , quoique marié, les
deux sœurs, dont une religieuse ; le blâme est
remonté de Rome jusqu'au trône. La moralité
oblige, et l'honneur déploie l'oriflamme de Saint-

Denis et la chappe de Saint-Martin au-dessus de nos armées, où la cavalerie s'organise.

Peu à peu, le goût des arts, des sciences, progresse; le luxe se manifeste. Saint Eloi indique à l'orfèvrerie ses merveilleuses ciselures; Saint Grégoire de Tours trace les premiers feuillets de nos annales; Saint Désiré occupe le premier évêché; et des chars traînés par des bœufs et parfois des chevaux, circulent dans Paris.

Trente-trois souverains se sont succédés, et les Mérovingiens s'épuisent avec Childéric III.

Déjà la royauté est entrée dans la dangereuse voie des concessions. Les maires du palais sont parvenus à rendre leur charge héréditaire, ils balancent son prestige, ils se préparent à l'anéantir, lorsque le génie de Charlemagne apparaît dans sa triple auréole, *législateur*, *conquérant*, *chrétien*; et la seconde race, les Carlovingiens, ont trouvé leur remarquable souche.

Nous avons vieilli, nous sommes en 768

Les fourrures, les *soieries* s'étalent pour les splendeurs *du sacre*; l'unique *horloge* à roues a sonné l'heure de l'auguste cérémonie. L'*orgue* retentit dans sa majesté pour faire incliner les fronts superbes devant une autre.

La monarchie vient de renouveler à l'autel son émanation divine. Le roi de France se qualifie de roi très-chrétien; et l'énergique voix qui dira en publiant ses ordres : « *Je les ai scellés avec*

« *le pommeau de mon épée, je les soutiendrai avec*
« *la pointe,* » annonce par avance la déroute des
Saxons et des Lombards.

En même temps, l'unité administrative se dé-
veloppe, le Code théodosien s'enregistre, la
magistrature, l'armée se régularisent. L'école
royale prouve, par son établissement, les succès
des lettres. Mais hélas ! la première épitaphe
est gravée sur la tombe du dominateur de l'Italie.

Dans les treize monarques qui le suivront,
Charlemagne ne rencontre pas un successeur.

La féodalité, issue de la faiblesse et des dona-
tions des rois, ose se mesurer à leur puissance.
Redoutables par l'hérédité des fiefs, les grands
vassaux se révoltent. Des troubles intérieurs, une
minorité toujours fatale à cause des ambitions
possibles de la tutelle ; un trône vacant, faute
d'héritiers, ébranlent le pouvoir qui chancelle ;
mais une forte tête a conçu le rétablissement
spontané de l'autorité presque anéantie.

Nous arrivons en 987, et Hugues Capet, adopté
par le consentement unanime, commence cette
illustre lignée qui, durant huit siècles, doit
s'identifier à nos gloires et à nos désastres.

La nationalité est substituée au gouvernement
de conquête des Francs. Le principe de succession directe devient loi de l'Etat.

Consacrée par l'abnégation personnelle du
monarque, *la stabilité* fixe partout ses inépui-

sables trésors, et le mouvement prospère se centuple à ces sources fécondes : la confiance, l'économie, le dévouement.

Le tudesque s'efface sous la correcte interprétation du roman ou langage français. L'art monumental, ce prodige du moyen-âge, combine ses proportions gigantesques : Notre-Dame de Paris grandit sur les débris d'un temple de Jupiter.

L'influence royale obtient jusqu'à cette miraculeuse conviction : *Le roi te touche, Dieu te guérisse*! L'influence religieuse s'est confondue avec la monarchie.

Les pélerinages à la Terre-Sainte pour racheter les fautes capitales, prédisent les *Croisades* ; la foi, plus efficace que l'édit de la *Trêve du Seigneur*, apaise les dissensions intestines.

Les chevaliers oublient rancunes et rivalités pour opposer poitrines et armoiries à l'encontre des cimeterres des infidèles ; le Saint-Sépulcre est délivré, Jérusalem forme un royaume.

Cependant les fanfares guerrières n'ont éloigné ni l'enthousiasme des sciences, ni les élans de l'industrie, ni les améliorations sociales.

Les troupes sont soudoyées; l'usure est bannie; les pavés affermissent les rues; l'Université, divisée en quatre facultés, reçoit des statuts ; la Sorbonne est construite ; les libertés gallicanes paraissent; les notaires royaux sont institués; la

lettre de change est obligatoire; le lin, le chanvre
se cultivent. — La peinture, l'architecture go-
thique se disputent les palmes du mérite et de
la célébrité; les jeux floraux stimulent les Trou-
vères, et la poésie exalte ce qui sera toujours
sublime, Dieu, la vertu, l'héroïsme.

Mais des ligues de partis, des guerres civiles,
des querelles de religion ont désolé la patrie.

La noblesse a sensiblement décliné devant les
communes et l'affranchissement des serfs ; la
bourgeoisie sort de ses langes, et la royauté
adopte de plus en plus ces institutions constitu-
tionnelles : *Parlements, Etats-Généraux, Chambres
législatives* qui la conduisent vers sa ruine.

La Couronne jettera encore d'admirables étin-
celles, Bouvines, Taillebourg, Damiette, Ma-
rignan, Pavie ! Mais le grand siècle et le grand
roi Louis XIV ne jailliront au-dessus d'elle que
pour éclairer de plus haut la royauté humiliée
devant un tribunal, la royauté calomniée, mou-
rante sur un échafaud ensanglanté.....

Ici, des pleurs voilent nos yeux ! Les para-
tonnerres de Francklin ne préservent pas de
toute foudre ; la vaccine de Gesner ne délivre
pas de la lèpre la plus dégoûtante; et comme si
la petite poste ne galopait point assez vîte, les
télégraphes des frères Chappe s'envolent pour
répandre notre infamie, notre consternation,
notre athéisme.

Un crèpe funèbre couvre la France ; et se peignant au naturel, cette affreuse époque se traduit par ce mot épouvantable: *la Terreur!*

Fuyant des atrocités journalières, le patriotisme, l'indépendance se réfugient dans les camps et protègent nos frontières envahies.

Sous les dénominations de *Convention*, *Directoire*, *Consulat*, la République repousse la coalition européenne avec ces noms illustrés : Houchard, Moreau, Villard-Joyeuse, Jourdan, Masséna, Berthier, Lannes, Augereau, Bonaparte, etc., etc.

A l'intérieur, elle forme le grand livre ; elle fonde l'école normale, le conservatoire, l'école polytechnique. Le ministère de la police est créé ; les anciennes académies sont remplacées par l'institut national ; l'industrie expose ses produits.

Les mémorables campagnes d'Italie et d'Allemagne ont racheté les revers de l'Égypte. Mais la liberté dans le désordre, mais une licence effrénée avait enfanté la tyrannique sévérité du sabre: le 18 brumaire dissout avec des baïonnettes le Conseil des Cinq-Cents, et les éclairs de la gloire qui éblouissent l'Empire, ont lavé les boucheries de 93.

La colossale organisation du premier Consul éclate simultanément, la conscription atteint un chacun, et l'associe au régime militaire. La banque est instituée, les poids et mesures métriques sont employés. Le 5 pour cent est appliqué à la dette publique perpétuelle. L'impôt, cette urgence des sociétés, se répartit sur tout pour revenir à tous. Le code civil, ce modèle législatif au milieu de ses imperfections, apparaît avec *Napoléon* qui, sacré Empereur par Pie VII, s'intitule encore Roi d'Italie, par infraction au traité de Lunéville.

Religion, noblesse, commerce, lois, ordre, conquêtes, s'enlacent autour du génie et de la fortune du grand capitaine.

L'étoile de la Légion-d'Honneur décore la bravoure mutilée; le musée resplendit de chefs-d'œuvre; les ponts-et-chaussées se réorganisent.

L'université débute; le sucre de betterave veut rivaliser avec celui des colonies. Les canaux, les bassins, les ouvrages hydrauliques, le desséchement des marais, les ponts, les routes se multiplient. L'Arc de triomphe s'élève, le Louvre se termine, et la Colonne de la place Vendôme emprunte aux canons étrangers son bronze et sa solidité conquise.

La France de Charlemagne est agrandie: elle ne connaît pour bornes que les limites de l'Europe; et néanmoins, en dépit de sa puissance, l'Empereur-Roi s'écrie dans sa logique et ses prévisions: *Que ne suis-je mon petit-fils*.

Mais le meurtre de Vincennes a caché l'auréole de Champ-Aubert et de Montereau.

Pour se soutenir, se défendre elle-même, et non point pour soutenir et pour défendre une *dynastie*, la royauté *coalisée* reprend une sixième fois l'offensive. L'incendie de Moscou se reflète sur le passage désastreux de la Bérésina et dans la défaite de Leipsik.

Tout-à-coup la Providence a abandonné cette dévorante activité, cette usurpation immodérée ; la Providence relègue parmi les rochers d'un îlot de l'Océan atlantique, son instrument inutile et brisé.

Là, le roulis plaintif des vagues rappellera incessamment au vainqueur d'Arcole, Lodi, Austerlitz, etc., l'inconstance des flots et des hommes ; la régularité des marées lui enseignera le commandement éternel.

Nous sommes en 1814.

La monarchie est revenue, mais elle a promulgué une Charte qui renferme les éventualités et les secousses futures.

Le gouvernement représentatif est divisé en deux corps. Les ministres sont responsables ; les juges, inamovibles. La vente des biens nationaux est consommée, et l'on déclare la propriété inviolable ; quelle irrévocable inconséquence ! Le Concordat explique les appointements du clergé, mais il ne justifie pas la spoliation. La pairie

devient héréditaire. L'enseignement mutuel pré-
pare les déceptions et le scepticisme de l'avenir.
L'Académie française, celle des beaux-arts, des
sciences, etc., sont substituées à l'Institut. Le
gaz prolonge le jour; les ponts se suspendent
au-dessus des fleuves, et les chemins de fer
annihilent déjà la distance.

Mais l'opinion dite libérale se resserre, se
réunit en plusieurs nuances pour saper avec plus
de certitude le trône des Bourbons. Charles X
a hérité des répugnances, des difficultés, des
animosités du règne de Louis XVIII.

La censure est abolie, la liberté de la presse
rayonne ; le milliard de l'indemnité qui semble
absoudre un vol immense, éveille des convoi-
tises et légitime des pillages projetés.

Les inconvénients orageux de la Charte se
prouvent de plus en plus avec une opposition
violente, systématique entre la Chambre et la
Cour.

Cependant le crédit de l'État se maintient
dans une prospérité croissante ! Malgré les
charges arriérées des guerres, trente millions de
rentes perpétuelles sont éteintes ; une partie des
impôts est réduite.

Notre marine triomphe à Navarin, notre armée
se venge d'une insulte par la prise d'Alger, et
quelques jours après, le drapeau qui flottait sur
les trésors de la Casauba, est foulé aux pieds,

souillé dans l'égout par une populace ameu-
tée.

Le prétexte de trop fameuses ordonnances a
organisé dans Paris une révolte irrésistible; le
Roi, le Dauphin abdiquent pour épargner l'effu-
sion du sang; une femme veuve, une mère de-
mande à franchir les barricades, son fils dans
ses bras.... On lui affirme qu'il est *trop tard!*....
La monarchie s'exile de nouveau dans la double
majesté du malheur en cheveux blancs et de
l'innocence orpheline.

Aussitôt la garde nationale, cette assurance
mutuelle contre l'anarchie, sillonne la France;
les membres présents de deux Chambres, dont
une dissoute, révisent la Charte de 1814 ; le cens
électoral est encore baissé; et patronée par une
bourgeoisie riche, ardente, ambitieuse, une
quasi-monarchie essaie de se enter sur une
branche cadette.

Louis-Philippe Ier est proclamé roi des Français, et le choix d'un prince du sang a rassuré
l'Europe menaçante.

La liste civile diminue, la dette publique
augmente; l'impulsion des travaux et des affaires
devient effrayante, le crédit n'a plus de frein. La
Madeleine, l'Arc de triomphe se finissent; la
statue de l'Empereur couronne la Colonne de
nos succès, et ses cendres dispersées viennent

reposer en paix sous la garde et le dôme des Invalides.

Mais l'idée révolutionnaire a continué la mine souterraine et destructive , les émeutes sont apaisées, les attentats se succèdent.

En vain les talents nous dirigent ; en vain la paix nous protége ; le matérialisme , l'égoïsme nous rongent. La spéculation , la réclame se disputent l'escroquerie et se partagent les dupes. La soif de l'argent, les désirs du luxe, l'incrédulité, l'immoralité nous dévorent ! L'assassinat se déguise sous le suicide d'un duc et pair ! La concussion se découvre jusque derrière le portefeuille d'un ministre.

Cependant les apparences politiques scintillent brillantes et audacieuses ; les routes ferrées qui s'allongent, promettent des merveilles ; l'émir Abd-el-Kader est dompté..... ; mais , prompte comme la pensée, l'*électricité* n'annoncera que notre décadence.

Dix-huit années d'une factice tranquillité n'aboutissent qu'à une puérilité de réforme ; une surprise parlementaire la complète ; et Louis-Philippe Ier se dissimule derrière une fuite honteuse....... N'insultons pas à l'adversité de Claremont !

Le courage d'une femme veuve, le dévouement d'une mère affrontent le péril. Un enfant se pré-

sente ; quelques députés lui répondent : *Il est trop
tard!* Quelques voix crient : *Vive la République!*
et un vote inexpliqué et inexplicable, biffe d'une
rature la civilisation. 1830, 1848 , quelle simili-
tude! quelle leçon! Respect au doigt de Dieu!...
— Nous avons passé le 25 février.

Toute digue est rompue, aucun pouvoir
n'existe , ne commande ; mais les rouages ad-
ministratifs fonctionnent, la nécessité de l'autorité gouverne encore, et la Constituante qui
discute les droits divins, se dispose à établir
les droits civils. Une stupeur réciproque, une
adhésion générale ont retardé les déchirements,
suspendu les haines. Rendons justice au peuple,
lui-même il a veillé sur son honneur et sa pro-
bité!! Mais bientôt le dévergondage de l'esprit
et du cœur débordent. Le désordre hurle effron-
tément à la ville, à la campagne, jusqu'à l'As-
semblée ; les utopies, renaissantes comme les
morsures de l'hydre, remplissent les journaux
quotidiens, les pamphlets, les clubs....; le sang
a coulé.... L'anarchie nous enveloppe......, elle
va nous saisir...., lorsque le souvenir d'une invincible épée l'arrête..... n'y avait-il dans cette
manifestation qu'un souvenir? et six millions de
suffrages proclament Louis-Napoléon président
de la République démocratique.

L'acclamation, le suffrage avaient commencé
les gouvernements établis; l'acclamation, le

suffrage les terminent! où est le progrès!

Qu'est-ce que le progrès?

Le progrès! C'est, dans l'acception littérale et figurée, un avancement, une amélioration en bien ou en mal.

Ouvrons les yeux, les oreilles, touchons: personne ne contestera les accroissements, la suprématie des beaux-arts, de l'industrie, des sciences.

Le perfectionnement matériel monte à son comble; le perfectionnement moral, social, politique, où est-il?

Qu'ils se lèvent pour nous démentir, ceux qui refusent de reconnaître des droits, des devoirs antérieurs, supérieurs aux lois positives; et qui rêvent une société qui n'aurait pas pour bases fondamentales, la famille, le travail, la propriété, l'ordre public.

Qu'ils se lèvent pour nous démentir, ceux qui suppriment les passions, et que la haine dessèche, que la jalousie épuise; ceux qui nient le mouvement, la douleur, la mort, et qui s'agitent, souffrent, meurent.

L'omnipotence des rois ou des peuples ne retardera point d'une seconde le retour du soleil de demain! Elle n'empêchera pas la débauche ruinée d'envier sans cesse l'aisance, le bonheur d'une conduite irréprochable...; et cependant la *fraternité* s'y oppose.

Que les peuples ou que les rois ordonnent : ils ne nous feront pas tuer *innocemment* notre bien-faiteur, pas même notre ennemi !...; et pourtant nous sommes *libres*!

Au milieu de leurs largesses grandioses, rois ou peuples ne nous concéderont point une parcelle du génie de Charlemagne..; et néanmoins, nous sommes *égaux*!.... Il y a donc des vertus qui dominent les peuples et les rois ?

L'action politique qui s'appelait monarchie, empire, s'appelle démocratie.

L'élection a remplacé l'hérédité. Le despotisme d'un seul s'efface devant la tyrannie de tous.

Monarchie, Empire, République, qu'importent ces formes ! Hérédité, élection, que font ces changements ! Noblesse, bourgeoisie, peuple, que signifient ces mots ! s'ils ne résument pas ces vérités : Patrie, prospérité, foi.

La succession directe, la gloire, les talents, l'industrie, les richesses, les sciences, les arts, ne suffisent pas pour assurer les destinées des nations !

Arrière les murmures ! Rois, humiliez-vous devant celui qui souffle sur les rois et les renverse !

Peuples, courbez-vous devant celui qui souffle sur les peuples, les dirige, les éclaire ou les maudit.

La vie de ce monde est courte ; peuples ou rois songez à ne pas perdre votre âme !!!

III

Après une course rapide, le voyageur haletant se repose et essuie son front. Après un combat meurtrier, la victoire panse ses blessures, compte ses absents, et quelquefois regrette son triomphe douloureux.

Après une longue existence semée de déceptions et de misères, le sage se replie dans ses pensées les plus tendres, il s'ombrage de ses espérances les plus certaines.

France! si nous imitions le voyageur; si nous nous recueillions avec le sage.

Tes victoires sont nombreuses; tes regrets aussi! Que d'illusions! que de mécomptes dans tes innovations désirées! que de larmes et de sang autour de tes révolutions successives.

Hélas! à quoi serviraient tes souvenirs? où aboutirait ton espoir? Le passé n'est plus à toi; l'avenir ne t'appartient pas encore, et les craintes, les tristesses du présent suffisent à ta sollicitude, à tes forces énergiques, à ton courage éprouvé.

Mais d'où proviennent ces appréhensions, cet effroi, cette amertume?

France, tu n'as plus de querelles dynastiques à redouter; tu n'as plus de guerres de religion à déplorer; plus d'hérésies, plus de rivalités de vassaux!... Les *partis*, les *ambitions* se sont réunis, devant tes douleurs et tes périls, pour te consoler et te défendre.

France! il n'y a plus autour de toi que des citoyens, que des enfants libres de te servir, jaloux de s'égaler par le patriotisme, devant ton amour et ta reconnaissance.

Comment es-tu triste?

Pauvre France, tu as reculé de quatorze siècles! ne vante plus autant tes progrès! Tes bagnes sont-ils vides? tes prisons superflues? tes églises trop étroites? L'éducation qui déclasse, et qui abandonne ensuite l'instruction, est ce un bonheur?

La presse qui immortalise et qui peut gangrener; le journalisme qui vivifie et qui peut consumer, sont-ce des bienfaits moraux et sociaux?

On ne te nomme plus les Gaules, ô France! et comme en 420, l'acclamation, le suffrage te gouvernent...! Est-ce une amélioration politique?

Nous sommes en 1850 de l'ère chrétienne; je me trompe, nous sommes redescendus vers le IXe siècle de l'ère païenne, et Lycurgue affirme, sous nos yeux, l'avantageuse combinaison de la loi agraire avec le *communisme;* il parque les Ilotes, il bestialise la *famille;* mais il ne peut anéantir la *propriété* qu'en instituant une odieuse *servitude.*

France, tes novateurs économistes ne sont que les plagiaires d'imaginations en délire; mais ils mentent à ton peuple!.. *Mentez, mentez,* appuyait Voltaire en ricanant, *il en restera toujours quelque chose;* et Voltaire se connaissait en destruction corruptrice. Ces calomnies peuvent l'irriter; ces promesses fallacieuses peuvent l'éblouir..., et ton peuple, ô France! est ton souverain.

Adresse-lui donc bien vîte cet ordre sentencieux imposé à notre premier père: *Souviens-toi que régner, c'est obéir à Dieu!*

Ajoute encore: Prends garde à la confusion de Babel! Frémis devant la *vanité* qui a perdu l'ange, la femme, l'univers.

France! ton peuple innombrable, c'est ta joie, ton commerce, ta prépondérance! La multiplication du nombre, quel prodigieux levier pour accroître! quel immense moyen pour renverser! Mais réfléchis! la multiplication du nombre n'engendre point l'infaillibilité.

Le plus grand nombre avait honni Galilée... Le globe tournait!

Le plus grand nombre avait condamné Jésus

le Nazaréen. . à genoux France ! car si le plus grand nombre décrétait que tu n'es plus chrétienne !!... faudrait-il le croire ?

Voici pourquoi, ô ma belle patrie, lorsque les uns proclament place au droit, et que d'autres répondent place au peuple ! ma conscience a voulu te crier cet hommage universel, place à Dieu !!

Place à Dieu, l'auteur du *droit!* place à Dieu, père et le juge des *peuples!*

CONCLUSION.

Résumons-nous. Des volumes ne suffiraient pas pour analyser et maudire des théories infâmes ; pour discuter et rectifier des utopies absurdes renouvelées de la Grèce, de l'Allemagne, de l'Angleterre, Lycurgue, Platon, Jean de Leyde, Thomas Morus, etc...

Le *christianisme* et la barbarie, la civilisation et le *communisme* sont en lutte... Quel choix nous attire !

Tous les partis ont commis des fautes, des excès ; tous les partis ont besoin de se les faire pardonner par des services réels.

Noblesse, bourgeoisie, démocratie, obligent autour de l'unique drapeau qui est celui de la France !

Noblesse, bourgeoisie, démocratie, ne sont
plus que les sœurs filles d'un seul Dieu, age-
nouillées au même autel.

Que la fraternité ne réside pas sur les lèvres !
qu'elle se prononce par les faits; que les communes prières nous conduisent au ciel commun.

On ne prie pas uniquement dans les temples ;
on prie dans les ateliers, dans les usines, dans
les champs, par le travail, la résignation, le
patriotisme, la souffrance ; on prie sous l'éten-
dard comme sur l'autel de la patrie !!

Récriminer, se lamenter, n'est pas agir. Il y a
des impôts à diminuer; diminuons-les! Il y a des
misères à soulager; soulageons-les! Il y a des
assistances à offrir, des poids à atténuer; offrons-
les, partageons-les! Il y a de la lumière, de l'air,
de la santé à porter dans les chaumières, pro-
tons-les, distribuons-les! Il y a des modifications
à opérer dans nos codes, opérons-les!

Les demi mesures, les demi résolutions per-
dent; sachons ce que nous voulons, et faisons-le
sans arrière-pensées coupables, sans ajourne-
ments dérisoires.

Gagner du temps, c'est abuser du temps, et le
temps est irréparable! Reconnaître un tort et ne
pas l'avouer, c'est une pusillanimité ! Voir se
dresser devant soi des dangers et ne pas les évi-
ter ; sentir les atteintes d'une maladie épidé-
mique, et ne point essayer de remèdes ; c'est

une folie! Avouer des erreurs contagieuses et ne pas les expier, c'est un forfait sans excuses.

La ligne droite est le chemin le plus court pour mener au but; notre but c'est la foi! notre intermédiaire, la charité! Soyons *unis*, pour croire et pratiquer! La véritable fin de l'homme n'est pas la jouissance sensuelle, c'est le mérite et par conséquent l'épreuve. L'incrédulité, l'égoïsme, voici la source réelle de nos calamités; la foi, la charité, voici les remèdes indispensables. Ne cherchons pas le diffus dans l'unité. Soyons monarchiques, et alors profitons d'une expérience cruellement acquise.... Soyons républicains, et alors subissons, adoptons franchement les conséquences de nos principes...; mais avant, soyons Français! et par dessus tout, chrétiens!

Les bases de la société, c'est la famille, la propriété, l'ordre public; couvrons de nos poitrines l'ordre public, la propriété, la famille.

La propagande démagogique vocifère chaque matin, chaque minute: ne touchez pas à la Constitution! ne touchez pas au suffrage universel, ou nous relevons de formidables barricades!

Eh bien! malgré ces violences et à cause de ces violences, il faut étudier soigneusement cette Constitution préconisée... Si elle est vicieuse, il faut la modifier! Si le suffrage universel est dangereux, il faut l'améliorer, s'il est un abîme béant, il faut l'éclairer; s'il est impossible, si

l'inconnu ne sème que l'appréhension et la stéri-
lité, il faut le détruire et courir aux barricades,
en laissant une bénédiction dans l'avenir.

Non! non! le cahos n'est pas la vie! L'agricul-
ture n'est pas l'encombrement! Le commerce
n'est pas le chômage! La politique n'est pas la
banqueroute! L'autorité n'est pas l'anarchie! La
perfectibilité humaine n'est pas la chasse aux
Ilotes, l'accouplement légal, l'avortement et l'es-
clavage!!

Jamais! Jamais! le communisme, qui est le
mensonge et la bestialité, ne supprimera la foi
qui est la vérité, le bon sens, l'immortalité.

Cependant, Dieu avait créé l'homme pour le
bien, et l'homme a volontairement produit le
mal, volontairement mérité la souffrance.

Dieu avait confié à l'homme l'autorité; qu'en
a-t-il fait? Il lui avait imposé des devoirs; comment les observe-t-il?

Le rédempteur est venu, n'en attendons pas
un autre! Le christianisme, rivé par les clous de
la croix, est inébranlable; mais la lumière évangélique venue de l'Orient avec les apôtres, peut
retourner vers l'Orient avec les missionnaires.

L'instruction a propagé les sciences, les arts,
les saines doctrines; la presse, qui est le soleil
de l'instruction, peut corrompre, dégrader, au
lieu de féconder et produire. Un gouvernement
doit-il résister avec une presse illimitée?

L'acclamation, le suffrage, ont fondé la nationalité, la splendeur, l'admiration de l'histoire ! l'acclamation, le suffrage, peuvent devenir la ruine de la nationalité, à la honte de l'histoire moderne. Un gouvernement est-il durable avec le suffrage universel ?

Si le despotisme d'un seul est intolérable, qu'exprimer contre la tyrannie de tous?

Si l'hérédité n'est pas un invincible garant, qu'est-ce donc que l'épaisseur d'un vote qui nous sépare entre un homme de plus ou un homme de moins?.... L'ordre!.... ou l'anarchie...

Les nations vivent et meurent comme les individus. Les peuples grandissent et disparaissent comme les familles. Mais lorsque les crimes sont volontaires, les châtiments sont justes.

Place donc à celui qui reçoit, punit et récompense, dans son éternité, les peuples et les familles.

Place à Dieu!.....; car tous ceux qui s'endormiront dans le Seigneur, ne se réveilleront ni dans l'ignominie ni dans le désespoir.

MOULINS, TYP. DE P.-A. DESROSIERS.

www.ingramcontent.com/pod-product-compliance
Lightning Source LLC
Chambersburg PA
CBHW060910180626

46818CB00004B/1904